一个人的岛屿

谢生梅 著

南方出版社·海口

图书在版编目（CIP）数据

一个人的岛屿/谢生梅著.--海口:南方出版社,2024.7.--ISBN 978-7-5501-9101-3

Ⅰ.I227

中国国家版本馆CIP数据核字第2024MQ8584号

YI GE REN DE DAOYU
一个人的岛屿
谢生梅 著

责任编辑	杨 乐
封面设计	长淮诗润文化传媒
出版发行	南方出版社有限公司
邮政编码	570208
地 址	海南省海口市和平大道70号
电 话	（0898）66160822
传 真	（0898）66160830
印 刷	河北文盛印刷有限公司
开 本	880mm×1230mm 1/32
字 数	150千字
印 张	6.75
版 次	2024年7月第1版
印 次	2024年7月第1次印刷
定 价	68.00

诗与格局一起长

——序谢生梅诗集《一个人的岛屿》

雪 鹰

对于一个写诗不到两年的人来说，诗集的出版不单有她自己内心的期盼，也有熟悉她诗歌的读者们的期待，当然也包括我在内。在帮助她编辑、出版这本诗集的同时，我又欣然接受了为本书写序的请求。所以，这本诗集的出版，也让我感到了几分成就感。

谢生梅刚入门写诗的时候，就被一位朋友领进了我主讲的诗歌班，从此她与诗、与诗坛就结下了不解之缘。她的想象天赋与语言悟性，使其诗在很短时间里便得到了诗友与读者的普遍认可。这里边必定少不了，她在诗歌班学到的诗歌理念及日常训练，对她诗歌写作的影响。谢生梅的诗，每一首都源于生活，都是落地的、及物的、有感而发的。她对诗歌是虔诚的，敬畏的。她自述，自从接触诗歌以来，每天必做的事情就是读诗、写诗，始终如一，雷打不动。她笃信我在课上分享的心得：用一到两年时间专心读诗、写诗，暂时离开其他文体，全身心沉浸于诗的氛围里，让自己的整个思维分分秒秒浸泡在诗的营养液里，让自己在充满诗歌元素的空气里，自觉地呼吸、吐纳，静心汲取营养。从而实现一个人从常规表达的语言习惯中逐步剥离出来，重新建构自己的诗歌语言系统，让粉嫩的新生的诗的语言的触角，深入自我设定的诗歌语言氛围之中。自我培养，自我成长。这个过程没有三年两年的阵痛,并渐次突破、生长、磨砺,一个好的诗人如何成长出来?幸运的是,谢生梅正在实现她的目标;欣慰的是,我见证了她成长的过程。作为诗教案例她应该是我从事诗歌教学以来,最为得意的范式之一。她的诗歌写作成长过程,圆满兑现了我做诗歌教学、传播的最初设想与预期效果。当然,最根本的还要靠她的天赋与勤勉。

从天赋上说,谢生梅的想象力是超越了许多人的。想象力是否丰富、奇特,直接关涉诗歌作品切入角度是否新奇。同时,更是诗性产生的源头。"想象是诗的翅膀",离开想象诗就无法起飞。外形如天鹅的分行,实质上是笨拙的鸭子,语言过于敦实、平实、老实,就无法跳跃,更别说"飞"了。"诗"就会藏在板结的语言土壤里,长不出来。我们对照她的《日出》体会一下。

日出

站在泰山之巅
看浩大的产床,连绵起伏
直达天际

没有人看到,大地的阵痛

眼前,缓缓托出的红日
像通体透红的婴儿

尘世开始沸腾
欢庆新生的光明

不由得让我想到，落日的寂寥
它可以落山，落水
也可以消失于一根烟囱的背面
没有人在意
黑暗是怎么来的

诗歌设定了一个场景。想象的也好，实景也好，在泰山之巅看日出，这是人人都知道的在著名景观：蓬勃、壮观。"产床""阵痛""托出的红日""婴儿"这些意象的使用，形象生动、精准对应。此后便是"人间的沸腾"，"沸腾"在这里有两个含义，新生事物的出现，新的"婴儿"的出生，人间充满了喜悦。再就是此刻整个世界都苏醒了，动植物都鲜活起来了。相对于"夜晚"结束的时刻，这个"沸腾"极有张力。在结尾处，诗人不由得想到了落日。落日是寂寥的，对比"日出"的新生，给世界带来的那种欣欣向荣，和落日的寂寥正好形成对比。它可以消失在任何地方，山水之后，烟囱的背后，"没有人在意/黑暗是怎么来的"，这里凸显了诗人不同一般的思考深度。这个"黑暗"可以是诗中现实场景自然引发出的想象，也有会让读者关联到了其他方面，因此"诗意"就产生了。从前文罗列的意象看，对于司空见惯的"日出"景象，谢生梅的想象力是丰富、奇特的，在意象选取上，逻辑关联又非常紧密的。天赋与技艺的结合，一首诗性浓烈、耐咀嚼耐品味的诗就诞生了。还有下面这首《河流在上》，从河流里的倒影展开、发散，将漂浮于河面的树叶，说成"被河水捕捉/摁在水面，一路摩擦"。这个"摩擦"一词的使用，简直让人叫绝。"白云在下/一棵树撑开的天空/在水中依然广阔//风，抓不住的树叶/被河水捕捉/摁在水面，一路摩擦//倒映的世界里/一架飞机，也是一条鱼/在河底滑过//我也站在水底，仰望"

成功地运用丰富的想象力，在谢生梅的短诗里比比皆是，这些想象让诗句脱离了俗常的表达，进入了奇妙的意象之境。让人领略了她诗写的切入处的与众不同，更凸显了她在词的选择与意象对应上的精准，这是最为可贵的诗写能力和技艺。这种技艺主要来自天赋，和其他的有痕的炫技不一样，它来自诗人的灵魂，使用的时候不动声色，让读者感觉到诗的顺理成章和浑然天成。

谢生梅的语言天赋也是一大强项。她曾用几年时间将当地的一家图书馆里，所有的书籍读个遍。这种积累对于语言表达来说，其潜移默化的作用不可忽视，加上她日常的观察、思考，将现实中的事物准确的融合于自己存储的思想、理念。再通过词（意象）转换成诗行，这个过程是诗人创作的流程，是一首诗诞生的路径。我们看看她这首《潮》，语言上有什么特点。

潮

引力，高于末梢的敏感

万千浪花聚集在一起
沿着神经的走向
逆行

"一"字形海水
横扫万物
吞没，沿途的江水
和一切声音
只有它的呐喊
冲破咽喉的阻碍

钱塘江面
不动声色，皮肤般平静

那么多人在享受
海的高潮

"引力，高于末梢的敏感"，第一句就抓住了读者。这首诗最重要的意象是"潮"，那么是什么潮？我们可以展开想象，潮水、高潮，可以有各种理解与解读。这里还有"末梢"，还有"神经"。光看第一节，就能产生不同的想象。引力也好，敏感也好，神经也好，是指的江河还是指的人，都可以想象，这就是一种混搭。这种物与人的融合巧妙应用，它的歧义就会产生，就会让你浮想联翩，就有了所谓的立体的思维，诗歌的内涵就会成倍的增加。后面写到海水"横扫万物"，"吞没""江水""声音"等意象关联起来读的时候,你肯定能感觉到,作者写的既是江海,潮从海里涌上来的情状,也与第一节所产生的另外的一种歧义相融合。人的情潮与海的浪潮在诗行里同步演绎,"皮肤般平静"是潮退时,高潮过后的镜像。"那么多人在享受/海的高潮"结尾以"享受"一词,再度呈现出多种歧义,让人的情感与钱塘江的潮水,从头至尾完整融合。准确的词的选择非常重要,使诗歌意象繁生、短而有味。下面这首写日常小事的《零度以下》,同样可以看出诗人不一般的语言天赋。"每一句话,都是一阵北风/呼啸而过时/她是迎风的苦楝树//树叶,一片片落/可惜你听不到/轻如鸿毛之物,都是寂静无声的//每一枚叶片,都是她的体温/现在,一点点散尽了/可怜你不知道//她已零度以下风还在,呼呼地刮"。

  这首诗写的是一个场景。"每一句话,都是一阵北风",第一行就把人的"语言"跟"北风"关联起来了,"呼啸而过"是"风"的特点,也是"话"的特点,同样这里也是运用"混搭"的写法。后边又引出"迎风的苦楝树","苦楝树"这个意象的出现,诗意又有了转承。我们读到这里就会产生一些新的想法,"树叶,一片片落/可惜你听不到"。苦楝树的树叶都落了,北风还在吹,因为它越吹,树叶落的越多,这是又一种极其恰贴的隐喻。"每一枚叶片/都是她的体温",树叶散尽了,温度都没了,已经零度以下了,而"风"还在呼呼地刮。最后两行就把整首诗做了一个总结和补充。她用这样的一个充满隐喻的标题和内容,写了一个争吵的场面。读者不需要知道是什么情况下的争吵,为什么争吵。只知道诗里通过隐喻与象征手法,将"物""我"兼容于同一诗行,将一个日常场景里的内心体验准确、巧妙的转换成诗。另辟蹊径,很有新意。

在每个人的写作中或多或少都会有"词不达意""言不由衷"的时候,原因就是我们的语言是有局限性的,这个局限性大小因人而异。而天赋加上后天的积累,是可以在一定程度上突破某些局限,实现最大限度的自如表达。诗歌对于语言的要求更高更严,选词(意象)的时候能够表情达意已经算不上是要求了,在此基础上的逻辑关联以及意象化的过程,才是对一个诗人语言的底线要求。这也是每一个诗人都要穷其一生在做的功课,在词的选择方面没有最好,只有更好。不同的诗人,在不同的时期会有不同的选择"词"的方法与理念,诗性也就有了不同时期呈现出的不同层次。就当下谢生梅的诗来看,她对于语言深处的领悟能力是有不同一般的天赋的,她的诗准确的呈现了她灵魂世界的思想、思考、感悟与镜像。

如果说"想象力"和"语言"属于上天赋予个人的财富,那么作品里体现出来的人文精神,就是各人后天灵魂开悟之后展示出来的格局与情怀。本书的许多诗里都体现出谢生梅对当下生存环境的关注与深度思考。这是优秀诗人必备的品质,无视眼下世界的写作必定是短视且盲目的,是有悖于诗人身份的。所有回避生存环境的写作,都是蹩脚的、走不远的。因为这种投机的写作,让现代诗最核心的要求,那个"真"字大大地打了折扣。我们看两首谢生梅直面现实的短诗。

上班路上

红灯,没能叫停
一个母亲的喋喋不休
她语速急促
讲着一道题的正解

她的焦虑
如湍急的河流
涌向电瓶车后座上的小男孩
他一声不吭
扭头看向别处
像是做最后的抵抗
又像是,早就放弃了抵抗

他的眼前
低矮的灌木丛修剪得整齐划一
一只鸽子从头顶飞过
朝阳下,脚环闪着银色的光芒

诗人上班路上看到的一个镜头:送孩子上学的路上,母亲还在给孩子讲着题目。诗歌写出了我们每个人都正在面临的,整个社会都在关注的教育的问题。母亲应该也有自己的工作,也有生活的方方面面需要费神,同时她还要为孩子的学习操碎心。那种焦虑,像湍急的河流,从母亲的心里发出,口里奔流,最后冲进了孩子的心灵！小男孩"一声不吭"，把头扭向一边。这是我们每个人都能想象到的一个场景。孩子的无奈，家长的焦虑，给有着共同经历的人们带来强烈的共鸣。"他的眼前低矮的灌木丛/修剪得整齐划一"，这个"整齐划一"用的非常好，对应了当下教育的特点。鸽子从头上飞过，连它的脚上也有脚环。这里边的隐喻，这些意象的出现都为浓郁诗意的产生一起发力。孩子从小就有枷锁，家庭、学校给予的无形与有形的，从来没有解脱过。这些枷锁直接消磨了他们的天真烂漫的气息。家长也没有了养育子女的幸福感。诗里蕴藏了很多内涵，从一件小事反映出一个重大的社会问题，关涉到一个民族的未来的大问题。她以白描的手法，如实地记录了自己生活中的见闻。另一首《月光的碎片》也是值得品读的作品："只有月亮留了下来/它是一座村庄/唯一的路灯//房屋消失了，村庄消失了/月下劳作的村民/搬迁到了城里/那里的路灯，亮如明月//她们蹲坐在小区门口/就像以前，蹲坐在田埂上/聊着那片土地的事/月亮远远地看着//路灯下，月光的碎片/像一场细碎的梦"。同样的"以小见大"的手法，这首诗里写了另一个重大的社会问题。城市化如火如荼的今天，那些失地农民，那些已经进城了的农村人生活状态如何呢？诗中的"她们"就是其中的代表。这些被时代洪流裹挟进城的人们，在花花绿绿的城市里仍然是一群很难兼容的"另类"。当世代居住的村庄消失了以后，唯一留守的只有天上的月亮，而此刻它同样在照着灯火通明的城市。这些"城市人"聊天的对象依然是过去的村里人，谈论的话题依然是"那片土地的事"，在路灯的强光下，远远"看着""她们"的月亮，多么暗淡！"故园的梦"又是当下多少人的伤神之梦。总之，谢生梅在她的写作中，没有回避自己的生存环境，笔触下是鲜活的真实的世界，是真切的可感的人性。这方面，她继承了传统知识分子的精神担当。

　　谢生梅的诗有较为强烈的诗性，有对现实生活的精神干预。这样的"诗性与情怀兼具"的诗，正是我所倡导的、欣赏的，符合我对"好诗"评判的理念和标准的。她的通往诗歌殿堂之门已经打开，她的诗歌写作已经上路。当然，对于一个刚入"诗门"不久的写作者，还有更远的路要走，还有更多的瓶颈需要不断突破。真正的创作需要静心，需要独立思考，需要心无旁骛。这本书的书名《一个人的岛屿》，已经体现了她的精神追求和自我激励的内心暗示。写作是一个人的事情，写作者最终是成为一粒"尘埃"还是长成一个"岛屿"，要看各自的格局与努力的程度。作为一个读者，我期待她有更多更好的作品呈现给诗坛，让我们拭目以待！

　　　　　　　　　　　　　　　2024-3-22
　　　　　　　　　　　　　　　于坛头乡村诗歌学院

目 录

1 日出

2 镜像

3 无声的世界

4 追风的落叶

5 零度以下

6 河流在上

7 月光的碎片

8 潮

9 望雨亭

10 瓷片上的小镇

11 青色藏装

12 上班路上

13 树的心脏

14	回声
16	回家
17	初春的石臼湖
19	陨石
20	初春
21	还潮
22	翅膀
23	行走的灌木
24	空杯
25	三月
26	蝼蚁
27	墓碑
28	狗尾草
29	醉酒的人
30	琥珀里的蜜蜂
31	黑色的呼吸
32	苇风
33	松林
34	松树

35	枣
36	大山背面的积雪
37	路盲
38	雾中的树
39	酝酿
40	月光是口深井
41	街头修鞋人
42	距离
43	路旁的梧桐树
44	捡垃圾的老人
46	沐春秋
47	年的味道
49	北风
51	梦
52	冬日鸟巢
53	古城墙
54	阳光推开木门
56	栾树
57	第一场雪

58	晒
59	雪中的树
60	抽屉里的蒜头
61	痕
62	倾听
63	乡村戏台
64	未翻动的书
65	一地的风
66	在雨中沉默
67	囚鸟
68	陌生的床
69	老鼠刺
70	地铁S7号线
71	初雪
72	待售的白菜
73	远方的炊烟
74	风
75	怕冷的山
76	山楂红了

77	天空
78	手机
79	指尖的风
80	东南
81	零落之秋
82	铁
83	冬天的河流
84	咬太阳的人
85	蜜
86	投降的树
87	千年古树
88	搁浅的鱼
89	霜降，从我这里经过
90	走进秋天
91	扁担上的阳光
92	城里的布谷鸟
93	路灯下
94	药
95	绣花针

96	路口
97	桂花守月
98	一个人的岛屿
99	问山
100	牧场
101	秋风吟
102	雪，还在下
103	倦鸟
104	陶罐
105	牵牛花
107	风声
108	萝卜
109	护士
110	尘香
111	糖
112	动物表演
113	燕子归来
114	金龙山
115	干涸的石臼湖

116	桂花
117	智齿
118	秋歌
119	穷人的晚餐
120	心事
121	架子
122	一枚指印
123	一位老农的入院录
124	找不到的药
125	单曲循环
127	小名
128	雁
129	父亲的土地
130	五月的风
131	雪的深处
132	蛙鸣
133	失踪的月亮
134	三月初三
135	咀嚼

136	雪
137	逆行的雪花
138	冬夜
140	雪中的青菜
141	枫叶红了
142	牧羊
143	空出的部分
144	深秋
145	隐疾
146	绿萝
147	过客
148	感应
149	酒
150	我和月亮的距离
152	床
153	擂台
154	六点的鱼
155	晒秋
156	滚烫的呼唤

157	旅行
158	未解之谜
159	海的沉默
160	木棉花
161	洞口
162	河风
163	一条漏网的鱼
164	朝下的悲悯
165	夏枯草
166	虫鸣
167	父亲
168	旷野的草
169	初夏的院落
170	卒子
172	八十岁
173	立冬的月亮
174	梦中的翅膀
175	伪装的湖
176	梯子的野心

177 月亮

178 土地

179 消逝

180 醒来

181 时光的夹缝

182 树身

183 十三楼

184 外婆的蒿子馍馍

185 拆迁后

186 路口

187 秋风

188 失踪者

189 后记

日出

站在泰山之巅
看浩大的产床，连绵起伏
直达天际

没有人看到，大地的阵痛

眼前，缓缓托出的红日
像通体透红的婴儿
尘世开始沸腾
欢庆新生的光明

不由得让我想到，落日的寂寥
它可以落山，落水
也可以消失于一根烟囱的背面
没有人在意
黑暗是怎么来的

2024-2-21

镜　像

它引以为荣的真

现在，成了一种罪过

一生抓取光影

看了那么多

仍然没能看透尘世

一根白发引发的海啸

它不懂

一道额纹

就是一道坎

镜中人，跨不过去

镜子亦横亘于心

时光的脚步，也从它身上走过

散落一地的镜片

露出闪亮

却又锋利的过往

2024-3-9

无声的世界

现在，多么安静
沉默的雪，折腰的草
一缕风就能拎起
一群狍鹿，七上八下的心

竖起的耳朵
是立在枯草之上的陡峭
需要在凛冽里
剔出风
在风声里
排除穿过枪膛的声响

食草动物的胆怯，是
更幽深的枪口
每时每刻，对着自己
呼，呼

2024-2-25

追风的落叶

一枚落叶,正在追逐
路过的风
它制造的"沙沙"声
让风,无处遁形

一生站在枝头,练习飞翔
练习和风赛跑

一点点脱去水
脱去绿
脱去生命里负重的部分
像蝉,挣脱了蝉衣

当它飞身而下时
第一次,将扑面的风
抛在了脑后

2023-10-14

零度以下

每一句话,都是一阵北风
呼啸而过时
她是迎风的苦楝树

树叶,一片片落
可惜你听不到
轻如鸿毛之物,都是
寂静无声的

每一枚叶片,都是她的体温
现在,一点点散尽了
可怜你不知道

她已零度以下
风还在,呼呼地刮

2023-10-10

河流在上

白云在下
一棵树撑开的天空
在水中依然广阔

风,握不住的树叶
被河水捕捉
摁在水面,一路摩擦

倒映的世界里
一架飞机,也是一条鱼
在河底滑过

我也站在水底,仰望

2023-10-1

月光的碎片

只有月亮留了下来
它是一座村庄
唯一的路灯

房屋消失了，村庄消失了
月下劳作的村民
搬迁到了城里
那里的路灯，亮如明月

她们蹲坐在小区门口
就像以前，蹲坐在田埂上
聊着那片土地的事
月亮远远地看着

路灯下，月光的碎片
像一场细碎的梦

2023-9-21

潮

引力,高于末梢的敏感
万千浪花,聚集在一起,沿着
神经的走向,逆行

"一"字形海水
横扫万物
吞没,沿途的江水
和一切声音
只有它的呐喊
冲破咽喉的阻碍

钱塘江面
不动声色,皮肤般平静

那么多人在享受
海的高潮

2023-8-25

望雨亭

更多的时候

只能望云,望月

望一座山的孤寂

望雨亭的飞檐

有无法挣脱的宿命

带不动

肉身的沉重

没有钟声的山林

风雨是唯一的语言

拾阶而来的人,选择

在一个风雨之夜

良久独坐

和一座亭子

交换体内的风声

2023-8-23

瓷片上的小镇

一座小镇,足够老了
就会消失
消失的足够久了
就会在某种静物上闪现

一只豁口的旧瓷碗
记得前世的空虚
在宏伟的展览馆里
张着口,像是
还在讨要着什么

穷人的手指,无数次
刮过的碗沿
再次被无数目光探寻
饥饿在饥饿中死去

一只空碗,却活了下来

2023-8-5

青色藏装

虔诚的信徒

走在朝圣的路上

我甚至看不清他的模样

青色藏装

在褐色的土地上

三步一叩首

一枚树叶,朝着光的方向

在风中起伏

仿佛起伏的次数多了

就可以,重新回到树上

重新抓住鸟鸣

2023-8-4

上班路上

红灯，没能叫停

一个母亲的喋喋不休

她语速急促

讲着一道题的正解

她的焦虑

像湍急的河流

涌向，电瓶车后座上的小男孩

他一声不吭

扭头看向别处

像是做最后的抵抗

又像是，早就放弃了抵抗

他的眼前

低矮的灌木丛修剪得整齐划一

一只鸽子从头顶飞过

朝阳下，脚环闪着银色的光芒

2023-12-16

树的心脏

除了荷尔蒙
我相信
一棵树还是有心的
你看,凛冽的北风中
一穷二白的他
还稳稳地,举着枝头的鸟巢

不要试图寻找,心脏的位置
它隐藏得很深
只有伤疤,总在最显眼处

现在,春天到了
再老的树也会发出新枝
只要心不死

2024-2-6

回声

冬雨不停地落下来
砸在甘家大院的，青石板上
沉闷的雨声，像在穿越一段历史

鼎沸的人声消失了
时光沉淀下来
云锦，木雕，剪纸
静静地站在玻璃窗里
像要开口说些什么
终究，像一个个京剧脸谱
对世事闭口不言

几百年过去了
画梅的人早已不在
一幅梅花图，却还活着
隔着橱窗
一棵梅树竖着耳朵
还在倾听
相同的雨线，溅落不同的回声

我在一棵老树前驻足
看一个垂暮的老人
做着长长的梦

2024-2-4

回家

雪还在下
归家的孩子，滞留在高速路上
母亲的心
像炉膛的火苗

明明知道，儿子在百里之外的雪地里
她还是一遍一遍往村口跑
仿佛每眺望一次
趴窝的车子，就能前行一截

村庄的炮竹声，此起彼伏
满桌的饭菜
热了一遍又一遍
终于，手机那头传来了好消息
积雪铲除，车子开动了

她再次奔向村口
打着手电
像雪地里的一团火

2024-2-7

初春的石臼湖

还未从冗长的沉睡中醒来
一丛丛芦苇
是尽职的哨兵
衣衫褴褛,腰板仍挺得笔直
目视着远方

白鹭不遗余力,不断尝试
唤醒一座湖
长长的喙伸入水中
啄开水面
好似啄破了湖的美梦
泛起的涟漪慢慢扩散,消失

浅滩边的钓鱼人
不断将鱼钩抛向水中
像一次次往返于梦境与现实的旅行
鱼钩激起的波纹
被一次次擦去
像是被有意抹去了所有的路径

隔离尘世

一座湖沉浸在自己的春梦里

2024-2-10

陨石

作为一颗星辰

他像一盏永远不会迷路的灯

不知疲倦地

照亮夜空

现在,他静静地躺着

像个茫然的过客

被猴子们评头论足

一块陨石

在人间是熄灭的火焰

金属的火焰

坑洼之处

都在铮铮作响

2024-2-11

初春

乌龟从沙盆里探出头来
窗外,梧桐上的枯叶还未落尽
星星点点的小草,迫不及待
钻出尖尖的脑袋

仿佛仅仅一个早晨
低处的事物
已从冗长的冬眠中醒来

枝头鸟儿,叫声从未有过的欢快
好似一波波春潮
漫过小区广场
漫向,阳台上的我
我放下手中,一首关于雪的诗

眼前的江南,已在换肩

2024-2-17

还潮

更多的水珠

从藏身之处现身

它们冒出地面

站在墙壁上,镜面上

像是出门迎接朋友

空中的乌云正在变身

轻盈的事物

开始变得沉重

水滴俯身而下时

我看到了

天与地的拥抱

在沟渠,在树梢

2024-2-19

翅膀

一只鸟儿跑得飞快
像要飞起来

为了跑得更快
它收拢双翅
不断拔除身上的羽毛
这些增加阻力之物
奔跑的意义,被反复强调

一阵风过
起跑线上,散落一地的羽毛
被一一吹向空中
苍白的花瓣
雨样落下

2024-2-24

行走的灌木

它们或高，或矮
或枝叶繁茂
或，枝干光秃
只有表情是一致的

无不怜悯地
看着我

一棵孤独的灌木
穿梭在树与树之间
枝头，却从未栖息过鸟鸣
根与根
也从不相握

2024-2-28

空杯

它有了充盈的欲望
对路过的人
发出无声的召唤

可以是水,是茶
最好是酒
嘴唇轻触的瞬间
战栗,电流般穿过

酒精撩拨的激情
一口一口
清空后
一个杯子还在回味

它的饥饿,无人能解

2024-3-5

三月

是鸟儿的道场
歌声汤匙般，搅动季节的水杯
沉淀在杯底的暖流
开始弥漫，升腾

草尖，嫩芽
迫不及待
有的冒出了小小的脑袋
有的，还在赶来的路上

父亲一颗驿动的心
再也按捺不住
绕着他的自留地
转了一圈，又一圈

2024-3-5

蝼蚁

大部分时间里
活动范围只有两公里
目力所及
不超过五公里
我将自己看守得很好

想到，曾经明目张胆
嘲笑过蝼蚁
和鼠目

我又一次原谅了自己

2024-3-8

墓碑

祖母那么怕冷，怕寂寞
现在孤零零躺着
身上只盖着薄薄的土

她多么能干
种瓜得瓜，种豆得豆
种下的合欢
树冠已伸出院外

自她被种下
只有墓碑冒出头来
上面的碑文
好似一朵朵零落的合欢花

2024-3-10

狗尾草

让我眼前一亮的
不是四季常青的行道树
也不是，中规中矩的人工景观

是，偏安一隅的
狗尾草

一群闯入城市的草民
扎根在，繁忙的十字路口
我看着它们，欢喜时点头
不欢喜时，摇头

举着尾巴
却从不乞怜

2023-10-12

醉酒的人

整个晚上
他都在喊着一个人
一次次把她从心底,掏出来
对她说,对她笑
对她唱着她不懂的家乡小调

一杯又一杯的酒
没能淹没
一个雪藏的名字

酒精点燃的火焰
将一个人名煮得沸腾

他不停地吐着,滚烫的称呼
她的姓名,网名
和爱称

2024-1-3

琥珀里的蜜蜂

不用发出任何声音
静静的,就好

一滴松香的恐惧
成了过去式
一只蜜蜂,在
凝固的时间里,醒着

忘记了前世
今生,再与花朵无关
与飞翔无关

只有灼灼的目光
还在想着,穿越一滴泪

2023-10-12

黑色的呼吸

天空是蓝色的

呼吸,是黑色的

你我拉开的一米距离里

潜伏着未知的病毒

它们伺机掷出万千长矛

你我两手空空

身体,是唯一的盾牌

2022-12-12

苇风

我在漫天的雪中,想到另一场
扑面而来的雪

一生站在低处
逐水而居
万物低垂的季节
芦苇,长出一窝窝羽毛
雪花般晶莹
随风飞扬

年少的我,喜欢把它接住
放在手心
看轻若尘埃的生命
挣脱命运之手
再次飘向未知的远方

像极了一个人的一生

2023-11-10

松林

走进松林,我在阵阵松风里晕眩

海浪由远及近
撞击沙滩的声音,在林间
沙沙作响

咆哮过后,静寂像回潮的水
再度淹没整座松林

落败的松针,散落一地
窝在松叶间的拳头
还紧紧握着

像一次次,突如其来的愤怒
从内心汹涌而过

2023-11-1

松树

满地的松果，让我不由自主地抬头
看似尖锐的一群
不断放下，手心的佛塔

我还是愿意将他们，视为
济世的悬壶
根根针具，瞄准大地的穴位

我在路过的风中，见过
它们俯身而下的身影
却从未听到
大地喊出过疼痛

2023-11-18

枣

叶一片片落尽
树渐渐生出一颗
张牙舞爪的心

伸向空中的树枝
是昂着头的蛇
或愤怒的鸡爪

落在地上的一根枯枝
也像鳄鱼一样
弓着背
随时准备发起攻击

我突然明白了,世间所有的不得已
原本可以顺滑的一生
生出旁枝错节

2023-12-3

大山背面的积雪

我还是不愿相信
山背后的雪花
有了个性和棱角
不愿想象,它们用坚硬的骨骼
对抗阳光的逼视

我还是愿意,将它们视为
匍匐在山体的云朵
身体的软,恰好
覆盖一座山的脊梁

不再漂泊的云
有了更多的时间
静谧中,打捞飞翔的羽翼

2023-11-25

路盲

翻过一个又一个屋顶
掠过无数树梢
我甚至可以轻易跨上一座山

但是我没有
我坐在车厢里

这只怪兽
不停地吞进和吐出
我是最难咽下,也是最难吐出的
路盲

2024-1-9

雾中的树

是个悬念
一座座岛屿
若隐若现

近在咫尺的两棵
在自己的世界里静默

两座孤岛
从未看清过彼此
也从未想过
拨开眼前的迷雾

就像你和我
挨得很近
在各自的手机里浮沉

2024-1-8

酝酿

再次站在起跑线上
只等春天，打出第一声枪响

挣脱了一身的羁绊
根根筋骨下，暗潮涌动
孤悬的鸟巢
正在酝酿新一轮的心跳

一个走出前一段感情的人
又铆足了劲儿
准备投入
一段新的激情

2023-12-28

月光是口深井

它还是找到了她
一个出门倒垃圾的人
有几分钟的时间，仰望
一幅画中的月亮

天空，永不疲倦地
更换着画布
她埋首的井底
一变再变
只有井壁，一如既往的陡峭

月光，是更深的井
她不再像小时候那样
对着月亮自言自语
怕，每一个词
都会是落在井底的蛙鸣

2024-1-23

街头修鞋人

年复一年,他成了马路的一部分
一截路桩
缩在路旁的小角落

每一只鞋,都是停在路桩上的鸟儿
休整之后,旋即飞走

直到有一天
他不再出摊
不再修补漏洞百出的人生
空出的部分
成了一条马路的缺口

2024-1-13

距离

小时候，为了去见外婆
需要走二十里山路
翻越三个
高高的基垛

现在，我和外婆只隔着
一个单薄的梦
只需轻轻合上眼睛
等待怀念，雾一样弥散
消弭不可谈及的距离

2024-1-26

路旁的梧桐树

什么都不用说
满树的耳朵要竖着

身旁,是条川流不息的河流
夹杂着钢铁的低吼
和行人的絮语

你也是一条并行的河道
没有风时
你安静的,像门前的小水塘
我踩着你的影子
像踩着安逸的岁月

大风来时
你像洪水咆哮着穿过河道
不知来自何处
走向更不可捉摸

2024-1-17

捡垃圾的老人

天黑了
一位老人从路灯下走出来
拐向路旁的垃圾桶
头探过去
微微前倾的上半身
藏着，对生活折腰的幅度

双手不停翻找着
要把生活的残渣再过滤一遍
被尘世抛弃的一群
再次发出哗哗的声响

纸盒被翻拣了出来
踩扁，仿佛踩着一件件银器
它们安静地躺着
像是早就经历过无数次轮回

一捆纸盒，紧紧地捆在一起
它们站在老人的肩头

消失在夜色中

垃圾桶安静下来

2024-1-3

沐春秋

沉睡的古树茶
在坛头
被一一唤醒

泉水一点点注入
它们伸展长长的懒腰
舒放的身体
似一根根碧绿的羽毛

轻盈的
如美好的记忆
云南,易武,原始森林
老茶树,睁开嫩绿的眼睛
尘封的春秋
有如眼前跳跃的阳光
再次鲜活
想去追逐一缕风
追逐一只路过的蝴蝶

青春的懵懂

被一只纤纤玉手掐停

对于这个秘密

茶壶，闭口不谈

茶香是个漏洞

泄露了所有的隐秘

2024-2-3

年的味道

菜籽油安静

豆腐安静

我围着它俩转了一圈又一圈

像跳跃的炭火

随时准备点燃灶膛

一年一次的沸腾，拉开

春节的序幕

方方正正的豆腐

下到煮沸的油锅里

慢慢变圆，慢慢变色

像尘世中摸爬滚打的人生

我们眼巴巴地盯着

期待每一个豆腐泡

圆圆胖胖

妈妈说：预示着新的一年红火，圆满

年少的我，却只想着将起锅的它们

迅速摁进酱油碗里

呲啦的声音，在舌尖滚动

那是新年的味道

2024-2-3

北风

呼啸的风,也是奔涌而来的浪
窗外的合欢,前俯后仰
海藻般柔软
又无力

弯月,在浪尖上
随时有被吞没的风险

一盏灯,在风中凌乱
无法指明方向

我缩进被子
听北风,找寻它的岸

2023-10-1

梦

整个晚上,我都和外婆在一块
采摘新鲜的辣椒,茄子

时间过得也快
茄子刚烧熟
天就亮了

借着我的梦
外婆又多活了一晚
仍然没来得及
吃上,我的东西

2023-10-6

冬日鸟巢

叶已落尽

梧桐树,取出深藏的酒杯

邀风,邀雪

邀日月星辰

万物在沉寂

一棵树的血液,却剑客般沸腾

每一根枝丫,都在风中舞动

只有鸟巢,纹丝不动

像一个醉酒的人

踉踉跄跄

手中的酒杯,还是握得紧紧的

2023-12-12

古城墙

一段古城墙,撞上我的目光时
想到了,逃逸

他潜回黑暗里,静默着
像迷路的老人
努力回忆来时的路

走得太久了,身体的零件老化,脱落
周边的风景
换了一茬,又一茬

这陌生的城市
只有风声,是熟悉的
他抓住救命稻草
抓住了风

城市的灯光,已渐次亮起
古城墙的门洞
有了更深的黑暗

一个孤独的老人,躲在角落里

躲避所有人的目光

守着他的门

2023-10-18

阳光推开木门

木门不会转身。侧身的岁月里
生锈的部分,总会喊出声来
我习惯了在吱呀声里
抬头。找寻
声音之外的声音

阳光的锈迹,一声不吭
我忽略了
锈蚀的力量

现在,我接受了一座老屋的阒静
阳光,推门而入时
我踩着斑驳的光
不再寻找,任何声响

2023-12-12

栾树

满树的枯叶蝶
站在枝头
等待一场风的助力

高挂了两季的灯笼
熄灭了。晦暗的
像关上的，黑漆漆的门

繁华，走到了尽头

无数行人安静走过
对于一树的生死，他们
视若无睹

2023-11-11

第一场雪

来得正是时候

树的皮肤一片片脱落

大地裸露出,瘦削的胸膛

深夜,你像梦一样

悄悄潜入

填满了尘世的沟壑

清晨,拉开窗帘

我看到了

一个白白胖胖的人间

冬青叶,掀开鹅绒被的一角

仿若此刻的我

心底的积雪,开始松动

葱郁的部分

正在探出头来

2023-12-26

晒

争先恐后的事物,开始静下来

树叶,将自己摘出来
铺在大地上
晾晒一生的霜雪

劳作一生的老人,靠在墙边
朝向太阳的方向
像一颗颗,即将收割的向日葵

脸上的沟壑,比田垄浅
比向日葵深

2023-12-28

雪中的树

整个中午,我都在观察窗外的树

没有一丝风,可以穿过雪中静默的它们
像一排排,扣上钮扣的对襟衣衫

无论,叛逆的樟树
还是散漫的桂花
都在雪中,变得一本正经

仿佛接受了某种不为人知的使命
一丝不苟,承接持续不断的雪
接纳它们站在树梢
趴在树干

纵然压弯了腰
也不放下

　这让我想到救赎
它们曾抖落过那么多的雨

2023-12-26

抽屉里的蒜头

应该是，听到了春风的呼唤
探出青葱的脑袋

没有熟知的水
和土壤
只有熟悉的使命
不停催促着，生长

对于那片失去的家园
它什么话也没说
只是不停地，长出
纤弱弯曲的苗
像个不断长大的问号

2023-11-10

痕

划开天空的皮肤

白色血液

拖拽出的划痕,旋即

消融,消失

长出更多的白云

如同脚下的大地

无论开膛破肚,还是刀耕火种

土地会重新吐出葱郁

一个人从心上

轻轻走过

心田,却寸草不生

2023-11-12

倾听

钢轨静卧着,有了
更多的时间
用来倾听

两旁的白桦林,一生都在制造流水
"哗哗"声,无数次冲刷过来

深秋的风,会将水声吹小
雨点吹大
桦叶,拥挤着降落
用寂静,一次次敲击地面

巨大的空寂中
他听到大地的心跳
和自身发出的
细微的,生锈声

2023-11-17

乡村戏台

锣鼓,把夕阳往暮色里赶
鼓点急促,密集的雨下了起来
干渴的舞台
需要一场滋润

台上的爱情,却不紧不慢
梁山泊和祝英台
隔着坟墓

蝴蝶还未成形
台下观众的头发,却先白了

2023-11-13

未翻动的书

我见过很多书，束之高阁
从未翻阅
就像从未有过前世和今生

我也见过，那些背井离乡的树
被锯断，切削，蒸煮
做成纸浆，做成纸

会有离经叛道的文字
扎进白纸上

一棵树，又一次站在高处
每一个文字
都是它的根系

2023-10-16

一地的风

这一次,我没有急于收拾

一地撕碎的书
敞开,破碎的五脏六腑
裂痕延伸到心底
我的呼吸
变得小心翼翼
怕触及,不堪一击的心

一棵树就是这样
一点一点揉碎成浆,成纸
最后碎成屑,成风

2023-10-14

在雨中沉默

雨中静默的树,是个悬念
一把把撑开的雨伞
散落在田埂上
池塘边

空扩的田野
万物,沉入静寂
雨水撞击着树的脊梁
噼啪作响

伞下,是寻求庇护的生灵
我也在雨水里
学会了沉默

2023-9-2

囚鸟

还是找到了落脚点
一截树桩
是无枝可依的鸟儿
最后的依赖

树叶和鸟鸣,去了远方
尘世的枷锁
留了下来
一道又一道,缠绕

这不是她想要的

她眼里的光
是触不可及的森林
和森林里
扑翅的战栗

波纹般,漫过

2023-9-28

陌生的床

只是换了一张床
换了,窗外的灯火

我还是一叶孤舟

灯盏摇晃着,巨大的黑暗
我晃动着身体的波涛

洁白的被子盖过来
我找不到我的岸

2023-11-16

老鼠刺

老鼠刺成了景观树
它们分列两旁
像威武的执戟士兵

棱角写在脸上
一身的矛,刺向四面八方
好似被季节遗忘
一年四季,举着绿

我在冰天雪地里
见过那抹绿
举着矛,站立在空寂的旷野里

雪无声地落
我分明听到了呐喊

2023-9-28

地铁S7号线

终年不见天日

这只游走在地下的巨兽
依次点亮
高挂腹腔的灯盏

往返山林和城市之间

它有了城市的饥饿
和山的静寂

一次次,张开大嘴
咽下一波又一波,无法消化的人
又,逐一吐出

最后一个人吐出去了
它饿着肚子
躺在无想山脚
和一座山,依偎入睡

2023-9-16

初雪

在最寒冷的季节
最黑的夜晚
悄悄抵达，填满人间沟壑

用浩大的静寂，覆盖
漏洞百出的寒冬
和尘世的喧嚣

自己的生死
置之度外

一方天空，侧耳倾听
花落的声音

2023-12-16

待售的白菜

这些大地的孩子
摘了出来
不再被催促着长大

它们一颗挨着一颗
平躺在一起
相互取暖，安慰
共同抵抗挑剔的目光
和挑挑拣拣的手

电子秤上，一颗白菜读着自己的斤两
和白菜价

2023-12-3

远方的炊烟

烟囱不见了
炊烟，学会了拐弯
沉潜到地下管网

我还是找到了，它原来的样子
在皖南山脚
车窗外，一闪而过的身影

一座村庄，抛出的绳索

想拴住远方的孩子
渐行渐远的乡愁

2023-10-8

风

它一直拍打着窗子

无家可归的风
在寻找归宿

飞过树梢,走过草地
触碰过的
都在点头哈腰
唯独知冷知热的屋子

将风,拒之门外

2023-11-9

怕冷的山

山,五行属水,畏寒
初冬便盖上了薄被
预订的鹅毛被
还在路上

抖落的松针,枫叶
填满了山中丘壑

走出山林的父亲,不怕冷
光着膀子
头上,还冒着热气

他肩上的两大捆松枝
瑟瑟发抖

2023-10-24

山楂红了

从一场微醺中醒来
万物正走向沉寂

山林喊出防火的口号
山楂顶风作案
试图点燃一座山

每一颗山楂,都是一团火苗
它们抱紧自己的暖
抱紧尘世的酸酸甜甜

一座山,燃起熊熊火焰

2023-10-17

天空

头顶的天空
是零散的长方形、正方形
甚至三角形

一幢幢高楼,像伸向空中的电锯
夜以继日地锯着
一方天空
锯成了一盒零碎的拼图

2023-9-28

手机

都低着头，保持缄默
像是某种仪式

看不清表情
只有背影
站立成一根根，孤独的电线杆

电光火石的另一端
是手机的喧嚣

2023-9-11

指尖的风

风来时,轻盈的事物
再也按捺不住
追逐、触碰
树叶制造的"沙沙"声
让一座山慌乱

指尖的战栗,是
另一场风
它来自蜻蜓点水般的碰触
来自两根手指
相互的确认

山风有停止的时候
指尖的风,却一直吹

2023-9-12

东南

从此窗望出

我的目光追随一群大雁,投向东南

目光折断在天际

赶在回忆之前

思念,接过目光的接力棒

穿越层层楼幢

在此处和彼处之间

绣花针般,缝合

距离的漏洞

2023-10-11

零落之秋

澎湃的血液,从
草尖枝头回流
稻谷回到温暖的谷仓

地里留连的老人
不再醒目
隐身于巨大的空寂

万物都在撤退

柿子,是个例外
火红的灯笼
正从枯黄的梦中醒来

2023-10-12

铁

前世是个悬念
噬骨的柔软
和抽筋剥骨的痛
是今生不愿提及的伤

我看到的其实是灰烬
陨石的灰烬
一身骨头的灰烬

2023-10-13

冬天的河流

少了夏日的喧哗
沉寂,是冬天的河流
唯一的声音

枯枝败叶
揾入心底深入
慢慢沉淀,慢慢释怀

聚在一起的老人
他们收拢起袖口
将往事藏着、掖着
蹲在门口,静静地
看时光在河床里流淌

寒潮来临时,河面冰封
他们为下一个轮回
合上了眼睛

2023-10-15

咬太阳的人

咬着太阳的人，也紧紧地
咬着他的一亩三分地

水稻正在分蘖
他却即将离开人世
最后一次，拖着病躯
看望那片土地
和土地上葱郁的生命

反复抚摸，一片片稻叶
抚触，一个个乖巧的孩子

一株株水稻，在风中摇曳
像是致意
也像是挥手道别

夕阳懂得一切，紧紧
咬着远山

2023-10-8

蜜

我买回的蜂蜜,不是我的
是千万只蜜蜂的

我品出的甜,也不是它们口中噙的蜜
是花朵未及喊出的疼

那也是万物的疼痛

2023-10-19

屋后那棵树

投降的树

赶在冬季来临前
缴械投降了

它交出,绿意葱茏的心
交出一枚枚金币
向天空,亮出空空的手指

像是讨还
也像是叩问

我看到了,一棵树的山穷水尽

2023-8-10

千年古树

躲过人类的刀斧
躲过雷电
它有挥之不竭的时光

虬枝弯成岁月的模样
每一根枝条
都是千年古树的拐杖

我看向它时
千万只眼睛,也正看着我
阳光下,金光闪闪
笑意盈盈

但我还是找到了它的漏洞
窝在怀里的洞口
是它不愿示人的隐痛

2023-8-25

搁浅的鱼

微信那头，传来一个人的酒后真言
一条又一条
像一个个气泡

一条搁浅的鱼
急于吐出心中的圆

我一条条看
一条条删
戳破的气泡，是一种虚无

空白的微信页面
是一种选择
相濡以沫，不如相忘于江湖

2023-9-7

霜降,从我这里经过

大地覆盖银色的光芒
万物,都在做最后的决断

去留是个难题
枝头的柿子,选择
做大红灯笼高高挂起
而红枣,选择放手
心里的苦涩
只有季节知道

移除一个微信头像
是另一场
下在心底的霜降

2023-9-9

走进秋天

苍老的父亲,没有放弃农事
紧抱一片土地
紧抱,顺滑的时光

一粒粒种子,埋进土里
接受时光苍凉的渗透
走向葱茏,走向成熟
仿佛替父亲,又年轻了一次
成长了一回

2023-9-10

扁担上的阳光

压在肉身上,就会升起

奔走的欲望

一根扁担,就是一道走动的桥梁

一头压着日月星辰

另一头,压着

生活的希望

选择一再躬身,离土地更近些

挑起大地的葱茏

走进晨光里,迎头撞上自己向阳的内心

2023-9-15

城里的布谷鸟

秋日金黄，布谷鸟亮出金黄的嗓子

单薄的城市里，千万匹草叶保持缄默
布谷声，在楼幢间回响
唤醒我体内
摩擦的稻穗声

习惯埋首的事物
开始升起，某种欲望
叫声停止的寂静里
栾华无声飘落

2023-10-7

路灯下

一定有人和我一样
不止一次
站在人世的低处
仰视苍穹

也一定,有人和我一样
喜欢将双手
伸出窗外
托起密集的雨声
托起它们,暗哑的天命
我不止一次怀疑
这些冰冷之物
是人间投出又折返的目光

路灯下,细密的雨点
有一瞬间的闪烁
仿佛一闪而过的泪花

2023-8-7

药

我在低处行走
月亮在高处
它尾随我,进了城

我在阳台养花,养鱼
月光探进来
照见各安天命的和谐
也照我,体内葱郁的旷野

今夜的月亮是药
我也是一棵,移栽的泡桐树
叶片上,还可听见
蝉声和鸟鸣

2023-8-18

绣花针

沿着皮肤、皮下组织
筋膜层
男人的手指,探向
一个哑谜
生活造成的磨难
被重重包裹
像一枚等待引爆的雷

阅读、排查
分离,越过神经的痛楚
找到隐藏的线头
外科医生的手指
有了绣花针的身手

灵巧地穿插、缝合
打结,将人生的漏洞
一一缝补
并确定,每一处针眼
都恰到好处地
穿过,生活的纹理

2023-8-20

路口

仿佛投向人世的,一枚石子
泛起的涟漪
在父亲端着的一碗稀饭里
慢慢展开

今年应该会有好收成
父亲一边啜饮
一边,喃喃自语
仿佛那些美好的风景
就藏在碗底

父亲一如既往
抵达了,风景的一半
秋天有了好收成,稀饭,依然守候在
青黄不接的路口

2023-8-21

桂花守月

我在屋前，栽下

一株桂树苗时

屋檐，高于当年明月

多年以后，我站在瓦砾上，仰望

一棵桂树时

一轮明月，正

落入桂枝的臂弯里

桂枝在月光中

长出纤弱的羽毛

每一根枝条，都有了飞翔的欲望

冷香缓缓下沉

一座村庄的废墟

也在，下沉

桂花有无法摆脱的宿命

独守着冷月

独守着，一座村庄的昨天

2023-8-22

一个人的岛屿

保持缄默
仿佛一座，人迹罕至的岛屿
漂移到陌生的海域
渴望紧紧抓住
一切熟悉的事物

岛上，树木正在开枝散叶，吸引鸟鸣
并期待，淹没在海水里

和路过的洋流，谈及
一直避而不谈的方向

2023-8-23

问山

你用落叶隐去风
用鸟鸣，隐藏山的呼吸
也有它无法掩盖的
窝在臂膀里的
一汪碧水
和袅袅不绝的钟声

打坐的僧人
正在老去
他紧捂多年的爱情
却青翠欲滴

蜿蜒的溪水，总是用呜咽的声音
回应世上所有的困惑
爬山的人，一直在翻越
为何无法越过，心底的那道坎

2023-8-24

牧 场

窗外，牧场古老

而羊群年轻

牧羊人手中的鞭子

有永恒的疼痛

羊群，是流淌的河水

一只只随波逐流

埋头吃草的羊

让一片牧场波澜不惊

偶尔的风吹草动

也能让一只羊，警觉地抬头

我不敢和它们对视

怕它们看到

我眼里也有

食草动物的胆怯

2023-8-24

秋风吟

一枚枫叶,落在窗台上
叶脉上还呼啸着风声
院子里,熟透的葡萄
正在撇清
和一根藤蔓的关系

那些曾经用力葱茏的部分
正在毫不费力地落下
我站在深可没膝的秋风里
等待它长驱直入

穿过院落
穿过我向阳的一面
等它一次次确认
我是不是那棵
行走的灌木

2023-8-26

雪，还在下

仿佛是从我的童年
尾随而来
踏雪归来的人，还在行走，真好

咯吱、咯吱
每一步都像踩在松叶上
空旷的田野
回荡着骨骼断裂之音

由远及近的犬吠中
外公推开柴门，抖落一身的风雪
像门前的枣树，在风中
抖落枯萎的枣叶

他身后，雪，扬扬洒洒
一方天空
正在许下洁白的愿望

2023-8-27

倦鸟

蔷薇花,一朵一朵落尽
一段院墙
总是无法将美好的事物
牢牢拥在怀里
能抱住的,往往只有嶙峋的枝干

它们像一堵墙伸出的
无数只,枯槁的手
再也抓不住一个花下拍照的人了
一些零乱的心事
需要在一场场秋风里
缓缓放下

一只倦鸟栖息在枝干上
像一枚过路的叶片
仿佛轻轻一碰
它也会落下

2023-8-29

陶罐

在乡下
穷人的陶罐是黑色的、粗糙的
大部分时间里
它也是灰烬
躺在某个阴冷的角落

只有在冬季的几天
祖母才会往它的腹腔内
埋鸭块、埋黄豆
往木质的灰烬里,埋它

一个冰冷的陶罐
有一个晚上的时间
从灰烬里取出火
取出光,取出古老的香味
然后慢慢焐
将穷人的生活焐暖、焐香

后来,祖母成了灰烬

我往灰烬里埋陶罐

埋我眼里的星星

2023-8-6

牵牛花

我想到牵牛花时
也会想到，它身下
倾斜的土墙

一株不懂牵牛的花
却一直想着
牵动星辰
一开始，它以为
够着屋檐时
就能够到星空
后来，它想着爬到屋顶
就能触摸到星辰

再后来
漫天星辰，散落在
屋顶上、土墙上
每一颗星星
都像是要开口说话

2023-7-10

风声

四围的空椅子
陆续撤走
我的坐,变得突兀

像海水退去
礁石极不情愿地,露出身体
迎面而来的,是
陌生的风

我紧握一本书
它比我更懂得,尘世的风声

2023-7-1

萝卜

只一味生长
至于未来
那是刀的事

剁成块,切成丝
都是命运的安排

最好是,切成小条状
放在太阳下晒
让每一处关节都嘎嘣脆

2023-9-14

护士

无论我写下什么
都是一名护士

笔和注射器一样尖锐
笔尖经过的地方

纸,也会疼

2022-10-13

尘香

阳光照着樱花树
也照着绿色的帆布包
包里十本诗刊，排列整齐

绿色的封面像田野
阳光下，一垄一垄的田畦
郁郁葱葱
这片被无数次刀耕火种的土地
习惯于，将一枚枚种子
轻轻地安放在土壤里

2022-5-1

糖

安装衣帽架时划破了手
鲜血顺着指尖流淌

小儿看见了,着急忙慌递来一根棒棒糖
在他眼里,没有什么痛
没有什么苦
是棒棒糖的甜抵达不了的
我接过棒棒糖,含在嘴里
然后告诉他:不痛了
我不能让他知道

这世上,有很多痛
是糖无法抵达的

2023-5-3

动物表演

三个熊孩子
披着闪亮的披风
它们踩着滑轮和滑板
有了人模人样

它们熟悉鞭子，熟悉饥饿
也熟悉两者之间的疼痛

那么多人围观
围观饥饿的力量

2023-8-7

燕子归来

经历怎样的寻觅

又经过怎样的考量

穿越多少烟雨

又携来多少旧时光

将爱巢安在乡村的迟暮里

安在老屋的寂静里

我一如既往地仰望

在燕窝底下

要燕窝托起的春天底下

仰视隔空的微雨

打湿燕子轻盈的双翅

和我希冀的双眸

一道燕影飞过

划开乡村隐匿的伤口

2022-5-4

金龙山

应该是湖水最先春心荡漾
野鸭却将这一消息,传遍了
整个金龙山

每一根枝丫都急于吐出心中的霜雪
一棵枯树也不甘寂寞
树顶硕大的鸟巢
有了一丝骚动
朝阳初升
密林深处的小路上
松针正在贩卖去年的松香

独行人走得小心翼翼,怕
触及露水胆战心惊的早晨

2022-5-6

干涸的石白湖

石白湖,从来没有这么狼狈过
它交出天空之镜
交出了鱼群的呼吸

瘦削的身体
藏不住根根肋骨
干瘪的脉管,急需一场暴雨的充盈
疯长的荒草,从一座湖的心底
长出的愁绪
将无数的目光捕捉,定格

我终究不忍踏足
怕,每一步脚印成为烙在
湖底的伤痕

2022-9-3

桂花

她就在窗外
但我的白天,离它很远
只有黄昏会拉近我们的距离

看桂枝长出纤弱的羽毛
看夕阳镀亮,每一根翅膀
此处不适合言语,甚至
不适合粗重的呼吸

花香,清洗的胸腔
正在酝酿夕阳西下的诗意
村庄里,有摇摇晃晃的炊烟

2022-8-1

智齿

埋伏、水平、垂直
智齿在试探
在找寻生存之道

18、28、38、48
吉利的数字里
潜伏着劫数
拔牙钳和牙挺制造的,血雨腥风下

苟活者
伪装成一颗沉默的磨牙

2022-8-3

秋歌

雁群过后
大地在阵阵疼痛中
交出了所有

遍地的刀痕
是一个母亲剖腹产后留下的疤痕

父亲坐在田埂上
吞吸着月光
吐出的一个个烟圈
像土地的阵挛
月亮底下，父亲和土地一样沉默

粗糙的双手上
也有几道新鲜的伤痕

2022-8-5

穷人的晚餐

冬季的傍晚

昏黄的灯光下

一碗暗沉的青菜

一碗，萝卜找肉

还有两双无处安放的手

和躲闪的眼

我的突然出现

让穷人的青菜、萝卜来不及躲藏

让穷人胸口的菜色，浮上来

又沉下去

而我，在此之后

在灯红酒绿的世界里

时常想起

那顿别人的晚餐

2022-8-6

心事

沿着一段木栈道
可以走进梅林的深处

和梅花,交换呼吸
看一只蜜蜂,一头扎进
一朵梅花的心扉
花蕊轻颤
我收回的目光里

有了一株,梅花的心事

2022-4-2

架子

远远望去

一群男性建筑工人里

有一个最瘦小的man

统一的安全帽

近乎一样的衣服

连同衣服上的铁锈、尘土

走近时才发现

只是一个矮小的女人

她俯身将一根根钢管扛起、支稳

生活压不垮的地方

力量渐渐增长

她无法让自己袖口生香

却能将自己的艰辛

稳稳托起

又轻轻放下

2022-6-1

一枚指印

一枚鲜红的指印
歪歪扭扭地，摁在手术知情同意书的
空白处
就像是遗落在地上的
一粒种子

这根在黄土地中摸爬滚打的手指
每一次的摁下
都会长出绿的禾苗
黄的油菜花

抡惯了弯镰和铁锹的老人
第一次，对一张纸束手无策

怯生生的指印
在白纸黑字的垄亩里
像一株匍匐的庄稼

2023-2-10

一位老农的入院录

文字，开始板起面孔

开始按部就班

住址不再是那片葱绿的山水

叩响的门牌号，只是为了确认

既往的欢声笑语，躲进

时光的背面

生活造成的恐慌和磨难

被一一唤醒，以泣血的姿态

高高举起的新生命

定格为"育有两子一女，皆体健"

他心心念念的麦苗，春风里

拔节、抽穗

一位老农，却无法

让一张A4纸，郁郁葱葱

2022-2-10

找不到的药

终身未娶
一生用尽气力
把清贫又多病的一生咳出来

又咽回去。佝偻的身体
舍不得吃药
舍不得补充营养
稀饭萝卜干
是他口中的最爱

低矮的瓦屋是他最后的庇护
临终前从被褥底下
摸出省吃俭用的两万元
交给侄儿办后事
侄儿数得很慢
几十年不见天日的纸币
比他更苍老更易碎

呼啸的北风，穿过屋顶

穿过他千疮百孔的身体
再也留不住一丝风了
他费力地吐出了最后一口气
最后一次挺直了腰杆
躺在单薄的床板上

他托我买的最便宜的止喘药
我至今没找到

2022-7-15

单曲循环

整个冬季
我都在单曲循环一首歌
这首歌,适宜
这个山寒水瘦的冬天

今年的雪下得太小、太轻
遮不住草木的荒芜
嘈杂的人群里
我会将音量调大

让一根狗尾巴草的冬天
不至于惊慌

2022-12-19

小名

亲情喂大的小名
日渐消瘦,单薄
大伯喃喃自语
"打电话给生美哉"
"快找生美哉"

手机铃响了
正在开会的我仓促地
关闭了手机
也关闭了大伯生存的希望

事后我才知道
他一遍遍地念着我的小名
仿佛"生美"这个名字
是一根救命稻草
从此,我不敢挂断任何电话

我怕错过电话那头
有人唤我的小名

2022-10-15

雁

多年以后
我已记不清那场培训的内容
一群南飞的大雁
却一直盘旋在心头

密不透风的会议室，PPT变换着字幕
我的目光偶然的一瞥
一群大雁，正从城市上空飞过
它们去意坚定
对这座辽阔的城市
不屑于低头一顾

我像一只落单的孤雁
落在人世的空洞里
从那以后
我收拢的双臂
便有了振翅的战栗

2022-4-11

父亲的土地

父亲老了
他耕种一生的那块土地,也老了

接不住父亲从田埂往下的
轻轻一跃
也不能稳住父亲打滑的脚掌

我一次次看着,这块土地上发生的
扭伤、骨折、肌腱断裂

又一年年看着它,站立着
青菜、玉米、油菜花

2022-5-28

五月的风

风,开始不正经
开始顺手牵羊
顺来了各种花香
各种草木香

植物的荷尔蒙,在风中
着床、孕育
更多的风言风语
从一棵树,传到
另一棵树

树叶,不再安分
它们张开双臂
试图拦截
路过的风声

2023-5-16

雪的深处

多人咏过的轻盈

和纯净

我不再歌颂

我看到了

不动声色的力量,来自

时光的深处

耀眼的白,带着千古的寒气

沧桑的故事

顺着时间的绳索

静静流淌成淡泊的姿态

像,那个尘世中摸爬滚打的人

褪去坚硬的盔甲,伸展

一身的羽毛

渴望深情的拥抱,无关风月,只关风雪

2022-1-2

蛙鸣

小时候,坐在井旁
看奶奶的蒲扇,摇碎月光
听稻田的蛙鸣
一声声,漫过夜的潮汐

多年以后,奶奶
连同她的蒲扇
和那片稻花
走进了时间的深处

而我,早已跌进生活的深井
蛙鸣从井外蜿蜒而下
一朵云的坍塌又沉入井底
一次次,我应声按住
内心潜伏的蛙鸣

2022-1-4

失踪的月亮

应该是躲在哪幢楼的后面
我已翻阅了所有的
云层。目光一次次攀升
又一次次跌落

高楼的逼仄
是我无法穿越的高度
我在等待
等待月亮落在井底，照亮
井底的幽深
和井底深处如豆的微光

2022-8-15

三月初三

白蒿已退缩至偏僻之地
外婆，也退缩到了
一座小土丘里

三月初三的风里
再也寻不到
蒿子馍馍的半点消息

而我，早已习惯了等待
等待一个矮小的，小脚老太
挎着一篮子蒿子馍馍
去翻越三个基垛
去丈量三十里山路

穿过蔷薇的风
会穿过她凌乱的白发
也穿过，此刻
一寸寸模糊的万物

2023-4-8

咀嚼

喜欢煮菱角

煮板栗、花生

将童年的记忆反复煮

将年少时的滋味

用中年的牙齿一遍遍咀嚼

一颗皱巴巴的心,试图

找出时间的漏洞

松动的牙齿,小心翼翼

寻找一枚菱角的软肋

2023-2-3

雪

纵身而下时
大地一片黑暗
它们擦亮自身的灯盏
照见彼此
也照见前行的路途

我也是其中的一朵
孤绝的雪花
不要熄灭你的光芒
我需要你，照亮
奔赴的方向

2023-12-4

逆行的雪花

天地都塞满了，一朵雪花追着另一朵
我要在拥挤的空间里
把自己摘出来
做一朵逆行的雪花

穿越，去见一个人

雪也大，天地也静
我要落在外公的肩头
羽毛般轻盈，他不会累

这次他走得快
一进门，就迫不及待捧出花生米
放在一双，迎接他的小手心里

炉火前，花生米像一个个胖娃娃
和外公的脸一样，微醺
一样冒着热气

我瞬间融化。转过身来

桌上的花生米

渐渐冷却

像一团冰冻的火焰

2023-12-25

冬夜

从天而降的寒气
站在枝头
和屋内的灯对峙

一道射出窗外的光
是刺向寒夜的,一把锋利的刀

站在窗前
她的内心,是另一场刀光剑影

2023-12-27

雪中的青菜

从鹅绒被里,探出头
好奇地打量着,这陌生又洁净的世界

之后,它会懂得
好奇不仅会害死猫

我割下它,割下我见到的唯一清白
我要带着它,沿着来时的路
去看人世的黑白
和黑白尽头的,人间烟火

2023-12-28

枫叶红了

一座山藏不住
每一片枫叶,都是一朵花
一张笑脸

深秋,一天比一天红
一段持续发酵的感情
想着叶落归根
想着,将火红的爱
放进尘世

一枚飘落的红叶
会被夹在一封情书里
作为省略号
负责,无声的部分

2023-10-24

牧羊

放下手中的鞭子

那么多白云,簇拥过来

目光跟随几只羊

落入天际

蓝色的草场

没有黑色的闪电

风,正在放牧

它们不着急吃草

不着急长大

它们有挥之不竭的时间

这不像人间的草场

牧羊的鞭声

比骤雨更密集,更急促

2023-11-14

空出的部分

话到嘴边，又咽了下去
面对尘世的嘈杂
省略的部分，是生活的留白

初冬的树，也在腾空
那么多的语言
在风中挂了三个季节
现在，一句一句
飘向虚无

空出的部分
沉默中，等待一场
风花雪月

2023-9-27

深秋

我的目光，捕捉到一朵月季时
它正用香气捕捉猎物
一只蜜蜂
贪婪地吸吮着花蕊

梧桐叶，簌簌地落
我们都忘记了季节
还在玩着
猎与被猎的游戏

2023-11-10

隐疾

一月一次的头痛

和一季一发的胆囊痛

不再是秘密

千疮百孔的身体

走漏了风声

路过的冷风知道

一块红烧肉,也知道

止痛片,消炎利胆片

这些植物的,化学的制剂

试图疗愈用坏的身体

不再明亮的眼睛

在一枚落叶上

寻找着,它的隐疾

2023-9-23

绿萝

柔顺的草民，一再放低身段

一步步，低至尘埃

低至一道

顺流而下的瀑布

它还有另一种样子

通过固定器攀爬

爬上屋顶

满天星辰，眨着绿色的眼睛

它俯视的模样，是

另一道风景

2023-9-24

过客

还是一眼认出了它

一旁忘记生长的老树
年年换着新叶
从不记路过的鸟鸣

我仍然是路过
只是,步履更匆匆
沧桑的脚步,终将被
再次覆盖
如同那段青葱岁月

尘世的脚印
也是如此
被一次次掩埋
就像,从未来过

2023-11-17

感应

低矮的土屋前
是祖母栽种的菊花
搜寻到的石头
都垒在了花坛四周
祖母干瘪

菊花是正值妙龄的少女

我看着她们,在彼此眼中葱郁
慢慢长出,一模一样的笑脸

祖母走后
那丛金丝黄菊
再也没开过

2023-10-29

酒

酒醉了,倒在
晶莹剔透的瓶子里
有人拿起它
一阵摇晃,看挂壁,看气泡
那么多人围观
评头论足

酒醒了
香气四溢
倒入杯中的那一刻
它站了起来

一桌子人站了起来
碰杯,发生在杯盏之间
声音先于酒抵达

更多的酒涌进来
更多的声音,涌进来
等它们挤压,碰撞

等碰出的火花和酒话

掏空一个人的心

2023-5-12

我和月亮的距离

只有这个时间,才完全属于我
可以仰望头顶狭长的天空

从垃圾房至楼幢
是繁茂的一段
路边的草木,有田野的芬芳

一切都没有变
比如今夜,我和月亮之间
只隔着一幢楼

2023-10-19

床

无可奈何离开
只是为了更快更好地
投入他
温暖的怀抱

将身体交给他
将梦境和胡思乱想
交给他
他会小心翼翼,把梦和杂念
静静收拢
不至于漫溢

外面的世界不安全

2023-11-16

擂台

隔着肋骨、胸骨、锁骨
这些铜墙铁壁
阻止不了
大脑和心的互搏
心冒出的念头,撕裂于
大脑的一声怒吼

更别提一墙之隔的
心房和心室
一个充盈,一个输出
一个输入的绵绵情话
另一个无情放空

我平静地吃饭、睡觉
任体内的擂台
冲破最坚硬的部分

2023-11-18

六点的鱼

这个时间,鸟儿来到窗台
啄食我撒下的米
快乐的"唧唧"声装满
整个飘窗

扇动的翅膀
像鱼儿在水面,留下的波纹
我在波纹里
成了一条悠游的鱼

2023-9-3

晒秋

疼痛过后
刀刃的白光，是一团渐渐熄灭的火焰
秋天的果实，也是

它们不再摇曳生风
不再窃窃私语
沉默，是阵痛之后的声音

稻谷和芝麻，各占稻场的一角
这些刚刚落地的新生儿
齐刷刷地望向天空
秋日的阳光
有慈母般的微笑

2023-10-11

滚烫的呼唤

坐在门槛上,就像坐在一片荒岛上
望眼欲穿的小道
就坐成了河流

定然是,放弃了自己
才可以流那么远
它会到达未知的终点
折返
将妈妈捎回来吗

妈妈,这个滚烫的呼唤
在一次次的遥望中
早已成了一面
向下坠落的悬崖

荒岛上的两株小树
选择,待在最显眼的地方
以便最炽热的光
一眼,就可以照见自己

2023-9-2

旅行

去抵达
陌生的山水，走出
心中的半径
寻找，距离心跳，最近的景物

我空出的身体，适合
盛放，那些
一闪而过的风景

用相机捕捉、定格，素昧平生的事物
并把，每一次惊呼
视为相认

2023-9-4

未解之谜

患阿尔茨海默病的外婆，出现在门外时
月光如雪
她头上的白发，如雪
手中挎着的一篮子蒿子馍馍
和她一样，在笑

二十里山路，就是二十里迷宫
从早上，到晚上
从一次次迷途中
找到，丢失的自己
经历一次次，抽丝剥茧
从黑暗中找出光
找出爱的方向

那一年，外婆八十八岁
那一天，一直是个谜

2023-8-17

海的沉默

从海里掏出鱼群、海藻
掏出珊瑚
掏出心、掏出肺
这巨大的空洞,需要填补

将生活的垃圾塞进去
核污水塞进去
将人性的黑暗,一并塞进去

一个沉默的容器,呕吐
是唯一的反抗
将塑料吐回去
将所有,不属于大海的
都吐回去
连同人类的惊惶

2023-8-15

木棉花

早于隐身的树叶
一支支火炬，陆续
抵达了终点
像一个个明亮的词
从黑暗的隧道
喷涌而出

一朵朵木棉花
升起，一棵树的欲望
植物的荷尔蒙，在炽热的目光中
慢慢释放，慢慢熄灭

2023-8-7

洞口

无论是仰天长啸
还是叩问苍天
一片天空总是一言不发

它冷漠地看着
这个蓝色星球上，发生的
战争、饥饿和灾难
看着枪炮穿过年轻的血肉
看着哭泣的母亲
和她怀里饥饿的孩子

它冷眼旁观着人类的不幸
和人性的黑暗
却不置一词
这个深邃的洞口
只会将更多的风雨送下来
更多的雷电送下来

2023-8-9

河风

风抵达时
一条河,已准备好了斑马线
渡风,也渡自己

一生都在低处
低于岸边,一处村庄的废墟
风来时,河水完成了最后一次跳跃
沿岸的苇草,矮下几分

像是驮着一座村庄
匍匐前行
我也迅速矮下去
矮成岸边的一株狗尾巴草

在风中不住地点头
又摇头

2023-8-11

一条漏网的鱼

应该是足够灵活
或是足够幸运
一尾鱼,才能从网中逃脱

波澜不惊的水面
一面网只需静静等待
等待一场恐慌
从一尾鱼,传给另一尾
等待它们相互挤压,翻滚,倾轧

这鱼界的事件
最后会由渔网静静收场
河水抹平所有的惊惶

一条漏网之鱼
将用一生,穿越
渔网的逼视

2023-8-12

朝下的悲悯

像戍边士兵的头盔
保持着，瞭望的姿势
越过眼前的山林
望向天边的一轮弯月

又像倒扣的酒樽
体内的波涛，早已倒空
有了醉卧沙场的宁静
喜欢看它，垂直地
悬于佛塔的檐角下

悲悯的方向，也是
朝下的

2023-8-14

夏枯草

它最大的特点，就是迫不及待
万物葱茏的季节
它率先熄灭，心中的火焰

这不像，那个枯萎的老人
满头霜雪，却紧紧捂着
内心的星星之火
冒着酷暑，顶着烈日
去寻找，去采摘
旷野里举着灰烬的夏枯草

装满一蛇皮口袋
去收购站兜售
换取冬天里的一盆火

一岁一枯荣
今年的夏枯草，又发出
隐秘的呼唤

2023-3-12

虫鸣

夜半,窗外是浩大的虫鸣
它们不约而同
从树根下、草丛里
发出它们的声音,擦亮
半夜的星辰

屋内是沉睡的人类

一群纤夫唱着嘹亮的歌
将钢筋丛林里的梦境
拉向辽阔的田野
隐遁的稻田、蛙鸣
再次被一一抓回

2022-7-1

父 亲

每年,都有一篮子计划
不是奔走在几亩薄田
就是在两方池塘,遨游
我在父亲的烟圈里
看见过它们

一年年的,这些计划
落在泥土里、水里
抓不住一片云朵
和一粒星辰

年初,年过古稀的父亲
列出了新计划

这一次,我听到了星辰走动的声音

2022-7-2

旷野的草

它们一直在路上，步履一致
不是在集体爬坡
就是裹挟在草浪里
顺流而下

纵然在平地上
也摆出一副急匆匆
往前赶的模样

草，是风的乖孩子
你看
无论轻言，还是急语
小草们，总是回应
一场场浩大的点头

2023-7-3

初夏的院落

顺着时间的藤蔓

一棵五岁的葡萄树

已攀爬至二楼的橡栏

沿途挂出的风铃

在初夏的风里

唱着我所不知的歌

旁边的橘子树上

有散落的星辰

它们会慢慢长大,会

成长为,一枚枚温暖的太阳

高大的枇杷树

已越过院墙,瞭望

潮水般,后退的麦田

微风拂过

满身的铃铛

和墙上的弯镰

铮铮作响

墙角的月季，寂寞中
开了枯，枯了开

2023-3-18

卒子

对于一颗仰视的卒子
浩瀚的天空
和天空中伸出的手
同样的深不可测

而它，只能埋首当前
要给车马炮让路、开道
前进，是唯一的方向
跨过那条横亘在心头的河
身体终于有了左右摇摆的空间

它最快意的游移
是为自己的大帅，挡住
对方将军凌厉的目光

2022-3-10

八十岁

每一块肌肉都已服软
身体，一边丢盔卸甲
一边绝处逢生

厮杀一生的牙齿相继光荣牺牲
光秃秃的战场，血肉模糊的牙床
和生活的残渣握手言和

直到有一天
他指着自己的牙床
反复对医生说
牙疼

2022-3-3

立冬的月亮

今晚的月亮又大又圆

它没有躲藏

照着万物的凋零

照着刚刚倒完垃圾的我

手上的垃圾桶

就像是个呈堂证供

我是个做错事的孩子

不敢出声

也不敢久久仰视

怕它照亮我的迷茫

更怕它照不亮我的迷茫

2022-12-15

梦中的翅膀

喜欢仰着睡

胳膊随意地放在身侧

在梦里，胳膊会变成翅膀

为了飞得更好

我会不停地往高处跑

因此，我总是大汗淋漓

纵身跃下时

我会突然醒来

来不及收拢的羽毛

还在战栗

2022-3-5

伪装的湖

一座会伪装的湖
夏季,它是澎湃的海
冬天又化身为
广袤无垠的草原

低洼处,一座湖守着
自己的初心
一朵白云在湖底潜泳
数只天鹅
打捞自己的倒影

微风刮过
湖面顺着风的方向
一路收割目光

2022-12-10

梯子的野心

除了两条竖杆，不多的横杆
更多的只有漏洞

漏洞，不空
饱含梯子的野心
只要找到支点
步步为营
一架站立的梯子
可以看更远的远方
可以升起更高的欲望

纵然遗弃角落里
一架梯子仍是一段待通行的轨道

2022-8-21

月亮

还是我熟悉的样子

一抬头
它便掉进枝丫间
自我认识它
它不是落水、落井
就是落在树上

没有比它更不稳固的事物了
也没有比它，更稳固的
它一直追随着我

从我的童年追到中年
从乡下追到城里

2022-8-22

土 地

像个烙印
烙在农民的心上
年复一年
承受刀耕火种

一季又一季的庄稼，傍着
陈旧的刀痕

土地真能熬啊
熬走一代又一代农人
直到，钢筋混凝土的注入

这才死了心

2022-8-14

消逝

我所见过的事物
都在衰老，破碎，消逝
时光穿过瞳孔的隧道
黄斑，不留痕迹

这让我不敢去看一个婴儿
更不敢，去看一位白发苍苍的老人

玻璃杯里，碧螺春在
伸展、返青
被掐停的岁月
在清澈的茶水里
开始奔走

2022-8-15

醒来

春天正在醒来
去年冬季被削顶的紫荆
也在缓慢的疼痛中,醒来

粉红的小花
爬满枝丫
像去年没有流尽的血
我不敢正视

就像不敢去看
拆迁后,故乡的春天

2022-3-13

时光的夹缝

老人很老了
额头的皱纹像他在山上，开辟的茶园
一垄一垄

一辈子没能跨出大山的他
像是从山顶流落的
一枚山核桃
时光不是悬在一座青山上
就是落在一湾碧水间

他抡起的镢头
总能在时光的夹缝里
找到温柔的落脚点

2022-8-19

树身

一棵树要怎样做

才能免遭刀砍斧斫

无论臭椿

或是黄花梨

结局都已注定

我替树身在卑贱、高贵间交替地活

替它们尝试各类刀、锯、斧、镰

疼痛来袭时

俯身看比碗还大的疤

2022-4-15

十三楼

远山含烟
我站在十三楼
久久地看

直到眼前的山
矮下去
直到心里的山竖起来

我有那么多的坡,要爬
还有那么多的悬崖
需要面对

心,莫名陡峭起来

2023-4-16

外婆的蒿子馍馍

采摘最青的茎,最嫩的叶
掏出心里最柔软的春天
轻轻洗,慢慢揉
把疼爱揉进馅,揉进三十五年的时光

一米四三的身高
三寸的小脚
丈量三十里路
和三个高高的基垛
丈量八十五岁的体力
和老年痴呆的记忆

爱,找到了窠臼
怀念,找不到出口

2022-4-17

拆迁后

高家坝的废墟很沉默
通往高家坝的桥很沉默
我走在小道上
也很沉默
越靠近越沉默

白石灰房子不见了
手握弯镰的人不见了

竖着的炊烟不见了
只有似曾相识的鸟鸣
从头顶横过
我久久地站立

等一棵老树将童年还给我
将更多的往事还给我

2022-4-18

路口

这是一条汹涌的河流
斑马线铺就的堤岸
提示灯,定时撕开一道口子

绿灯唤醒的速度和激情
红灯及时叫停

戛然而止的洪流里
藏着钢铁的低吼
和肉身的不甘

2022-7-11

秋风

院子里，秋风追逐着秋叶
树木还在抖落更多的枯叶
它们飘落的样子
像飞鸟，像急雨

院门关不住的秋意，在翻滚
这些树枝遗弃的身外之物
我要一一捡起
连同落叶的心绪

2022-10-12

失踪者

失踪者的影像在反复播放

一个身影

穿梭在时光宝盒里

不再走出来

声嘶力竭的母亲

还在呼唤着孩子

在这凝固的黑暗里

她还在左右奔突

希望用力掏出身体里

最后的一束光

照亮孩子回家的路

2022-12-19

后　记

我对书的喜爱可能源于小时候的一书难求，卫校毕业后分配到偏远的乡镇。没有手机的年代，我有大把的时间可以去阅读。除了平时自己大量买书，还会办借书证。曾经用了三年时间，读完了当地科技图书馆的所有藏书。偏爱的当属小说和散文，当然是不求甚解，囫囵吞枣的那种。我和诗歌的缘分，始于2021年10月的一通电话。

2021年下半年，我参加了区里的散文竞赛，想知道评选结果，就在几个联系电话里拨通了毛文文老师的电话，当时以为这个名字，应该是位女性，觉得方便沟通，结果接电话的是位男性，交流的第二句话就说，"你为什么不写诗歌呢？"当时我的回答是，我从来没有看过现代诗。他当即表示送我几本诗集看看。之后几天，果真送来了他的一本个人诗集和几本其他诗歌刊物。后来，我经常开玩笑地对他说"上了你的贼船，就再也下不来了。"

渐渐的，我开始喜爱上诗歌，有了写的冲动。2022年开始尝试写诗，一路上得到溧水区作协和诗词学会的鼓励和支持，诗歌陆续发表在本地的《秦淮源》杂志上，开启了我的诗歌发表之旅。也是在毛老师的推荐下，参加了金山诗歌学习班，师从于雪鹰老师，两年来一直跟随雪鹰老师学习写诗，诗歌理论和素养都得到了很大提升。

两年的时间里我放弃了之前最爱的小说和散文，只看现代诗，浸润在诗歌语言里，遇到好的诗集可以看到五遍十遍。我买的第一本诗集是余秀华的《月光落在左手上》，当时反复看了五遍。买的第二本诗集是张二棍的《搬山寄》，读了七遍，每读一次，都像是在看一本新诗集，每次的感受都不一样。现在我的枕边诗集是胡弦老师的《定风波》和雪鹰老师的《短诗一百首》。在白纸黑字的垄亩里，走进一个诗人的灵魂，了解他的哭他的笑，和他无声的对话。看到激动处还会心跳加速，会拍案而起。

　　我经常感慨，在诗歌写作上遇到了很多贵人。也正因为这些贵人的帮助，才有了今天的个人诗集《一个人的岛屿》。在诗歌这条路上，我将坚定地走下去，静听鲜花盛开的声音。

　　在此特别感谢雪鹰老师、马启代老师、宫白云老师、刘斌老师的推荐！感谢出版社编辑老师的辛勤付出！